Para Sam y Allice, los hermanos que en los albores del nuevo milenio
llenan sus narraciones de luz, imaginación y amor.

Dedico este libro a mi mujer, Michelle, y a mi hijo, Nelson.
Gracias a ambos por vuestro amor y apoyo. J.G.

Dirección colección: Cristina Concellón
Traducción: Alberto Jiménez
Coordinación producción: Elisa Sarsanedas

Running Shoes, publicado por primera vez en Gran Bretaña en 2006 por Zero To Ten Limited.
Part of the Evans Publishing Group. 2A Portman Mansions, Chiltern Street, London W1U 6NR

© *Running Shoes*, versión inglesa, 2006, Zero To Ten Limited, Gran Bretaña.
© texto Frederick Lipp
© ilustraciones Jason Gaillard
© versión castellana
Intermón Oxfam, Roger de Llúria, 15. 08010 Barcelona
Tel 93 482 07 00 - Fax 93 482 07 07 - e-mail: info@IntermonOxfam.org

1ª edición: octubre 2007 - ISBN: 978-84-8452-496-0 - Impreso en China

Sobre el ilustrador
Jason Gaillard es licenciado por la *Rhode Island School
of Design*. Ha ilustrado varios libros para niños y es un
importante pintor de la figura humana. Vive en el estado de
Nueva York, Estados Unidos, con su esposa y su hijo.

Las zapatillas deportivas de Sofía

Frederick Lipp

Ilustrado por Jason Gaillard

Frederick Lipp es un galardonado autor de libros infantiles
y el fundador y presidente de la *Cambodian Arts and
Scholarship Foundation*, una institución que dota de fondos
y educación a los niños más pobres de Camboya. Frederick
vive en Maine, Estados Unidos, con su esposa Kitty.

Sofía vivía en una tierra donde casi siempre hacía calor y lucía el sol.
Y cuando por fin llovía, llovía días y noches, interminablemente.

Un día muy caluroso, Sofía entornaba los ojos ante la luz cegadora.

El aire estaba quieto cuando, de repente, oyó un ruido parecido al de un enjambre de abejas en un árbol que aumentaba cada vez más. El cerdo empezó a gruñir y las gallinas a cacarear.

Sofía se sentó muy erguida, como un tallo de bambú.

"Debe tratarse de la camioneta del hombre de los números", pensó frotándose los ojos.

Una vez al año un hombre de la ciudad venía en su camioneta roja. La gente del pueblo lo llamaba el hombre de los números. El hombre contaba a la gente del pueblo por encargo del Gobierno. Después de hacer su recorrido, el hombre se detuvo frente a la casa de Sofía.

–¿Cuánta gente vive aquí? –preguntó.

–Dos –respondió Sofía–. Mi madre y yo.

–Veamos, eso hace un total de 154 personas. El año pasado eran...

El hombre de los números se detuvo. Había oído que el padre de Sofía murió porque el pueblo carecía de médico y no había ningún hospital cerca.

Sofía miraba fijamente el calzado del hombre.

–¡Ah!, ¿no has visto nunca unas zapatillas deportivas?

Sofía se sonrojó. Pensó en su deseo secreto, un deseo que ella sentía como un halcón remoto planeando perezosamente en círculos, muy arriba, contra el cielo azul. En lo hondo de su corazón sabía que si alguna vez llegaba a tener un par de deportivas como las del hombre de los números, su deseo podría hacerse realidad.

–Acompáñame hasta la orilla del río –dijo el hombre de los números–. Mete los pies en esa arcilla blanda. Y ahora sácalos.

A Sofía le agradó la tibieza del barro escurriéndose entre los dedos de sus pies.

El hombre de los números sacó una tablita con muchas cifras de su bolsillo y midió las huellas de Sofía. Después se frotó la barbilla mientras decía números para sí. Añadió:

–Veamos... Dentro de treinta noches recibirás una sorpresa.

Sofía fue contando las noches. Un día un furgón de correos atravesó el pueblo y dejó un paquete ante su puerta. La niña contuvo el aliento mientras lo desenvolvía:

–¡Unas deportivas! –gritó Sofía. Se las calzó con cuidado y dijo:– Ahora mi deseo se hará realidad.

–¿Qué deseo? –preguntó su madre.

–Madre, quiero ir a la escuela.

–¡Pero si está a ocho kilómetros de aquí y por caminos horribles!

–Sí, pero ahora tengo unas deportivas –respondió Sofía saltando arriba y abajo.

Una sonrisa se dibujó lentamente en el rostro de la madre de Sofía. Se acordaba de la pequeña pizarra, del tamaño de una hoja de loto, que el padre de Sofía sacaba de vez en cuando. A la sombra de un cocotero trazaba para Sofía unas marcas a las que llamaba palabras. "Este de aquí es tu nombre y este otro el de nuestro pueblo", le enseñaba.

–Puedes ir a la escuela –dijo la madre de Sofía.

Al día siguiente, antes de que el sol se levantara, Sofía comió un tazón de arroz y un poco de pescado salado. Luego echó a correr a través de los campos de arroz.

Las deportivas protegían sus pies de las afiladas rocas rojas. Navegaba por el aire del mismo modo que un pequeño guijarro plano salta sobre el agua.

Cruzó arroyos de un salto y recorrió una pista de la selva por donde sólo pasaba un coche al mes. Sofía corrió más y más deprisa hasta que por fin vio la escuela, que tenía una sola aula.

Las sandalias de los niños estaban alineadas en el exterior de la puerta. Sofía se desató a toda prisa sus zapatillas, las colocó junto la puerta y entró descalza en el aula.

–Me llamo Sofía y quiero aprender a leer y escribir.

La clase, compuesta sólo de chicos, dejó escapar unas risitas.

–¡Silencio! –dijo la maestra–. Acércate, eres bienvenida. ¿De dónde vienes?

–De Andong Kralong.

La maestra emitió un sonido de sorpresa y dijo:

–Eso está a ocho kilómetros…

–Sí, señorita, pero… ¡tengo mis zapatillas!

Los chicos se reían tapándose la boca. Los ojos de Sofía se llenaron de lágrimas.

–Quiero aprender a leer.

–¡Pero si eres una chica! –susurró un muchacho.

Sofía reunió todo su valor como si fuera una serpiente verde

dispuesta para el ataque. Ya llegaría el momento adecuado de hablar.

Después de la escuela, Sofía se ató las deportivas con un triple nudo en cada una. Entonces miró a los chicos y dijo:

–¡Ya que sois tan listos, intentad agarrarme!

Los chicos se empujaron unos a otros para hacerse sitio y echaron a correr detrás de Sofía.

A la mañana siguiente Sofía se despertó antes del primer canto del gallo. Marcharse tan temprano le permitió llegar a la escuela antes de que hubiera sandalias alineadas en el exterior de la puerta. Cuando los chicos fueron llegando, sonreían tímidamente.

Recordaban cómo Sofía había ganado la carrera.

Desde aquel día Sofía aprendió muchas cosas que se enseñaban en la escuela de un aula.

Pasó un año. Una mañana Sofía estaba sentada con su madre cuando, de repente, una nube de polvo se elevó sobre la colina.

El cerdo empezó a gruñir. Las gallinas cacarearon.

Era el hombre de los números que volvía en su camioneta roja.

En ese momento las primeras gotas de lluvia empezaron a hacer pequeños círculos en la superficie del río, círculos que fueron agrandándose más y más. Empezaba el monzón. Sofía contempló las nubes que se arremolinaban y pensó que tendría menos calor en su carrera a la escuela.

El hombre de los números contó a la gente del pueblo. Al final del día llegó a casa de Sofía.

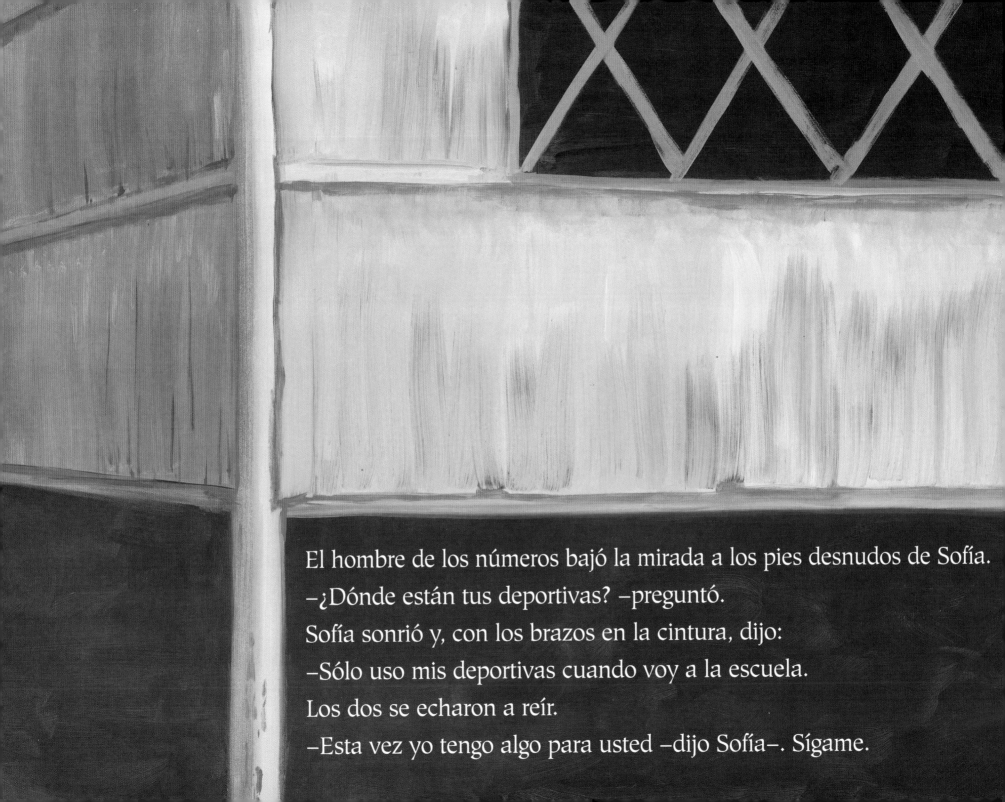

El hombre de los números bajó la mirada a los pies desnudos de Sofía.

—¿Dónde están tus deportivas? —preguntó.

Sofía sonrió y, con los brazos en la cintura, dijo:

—Sólo uso mis deportivas cuando voy a la escuela.

Los dos se echaron a reír.

—Esta vez yo tengo algo para usted —dijo Sofía—. Sígame.

Caminaron hasta la orilla del río.

Sofía, con la vista baja, dijo tímidamente:

–Un día quiero ayudar a mi gente a construir una escuela y...

–¿Y qué?

–Quiero ser maestra –concluyó Sofía.

Tomó una caña de bambú con las dos manos y escribió en el suelo de arcilla:

Gracias por las zapatillas deportivas.
Ahora sé leer y escribir.

Todo estaba tan silencioso que el hombre de los números podía oír el sonido del arroyo burbujeando en torno a los guijarros del cauce.

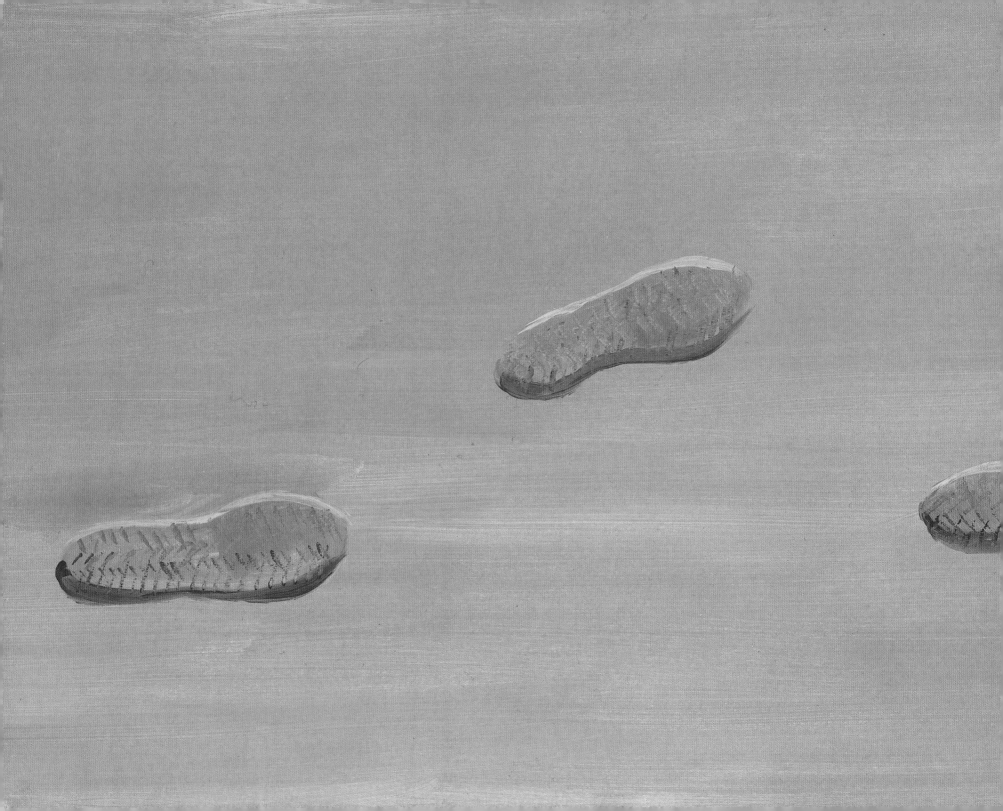